Abracadabra!

Ça alors!
Un dinosaure!

Centre de ressources
Ecole

École
EELH006779
Ça alors! Un dinosaure! /

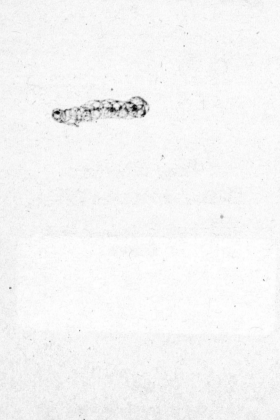

Abracadabra!

Ça alors!
Un dinosaure!

Peter Lerangis

Illustrations de Jim Talbot

Texte français d'Isabelle Allard

Les éditions Scholastic

Pour Jack et Ben Brewster

Données de catalogage avant publication
de la Bibliothèque nationale du Canada

Lerangis, Peter
    Abracadabra! : Ça alors! Un dinosaure! / Peter Lerangis ;
    illustrations de Jim Talbot ; texte français de Isabelle Allard.

Traduction de: Yikes! It's alive!
Pour enfants de 7 à 10 ans.
ISBN 0-439-96985-9

I. Talbot, Jim II. Allard, Isabelle III. Titre. IV. Titre:
Ça alors! Un dinosaure!

PZ23.L467Abe 2003   j813'.54   C2003-903515-8

Copyright © Peter Lerangis, 2003.
Copyright © Les éditions Scholastic, 2003, pour le texte français.
Tous droits réservés.

Il est interdit de reproduire, d'enregistrer ou de diffuser en tout
ou en partie le présent ouvrage, par quelque procédé que ce soit,
électronique, mécanique, photographique, sonore, magnétique
ou autre, sans avoir obtenu au préalable l'autorisation écrite de l'éditeur.
Pour toute information concernant les droits, s'adresser
à Scholastic Inc., 555 Broadway, New York, NY 10012.

Édition publiée par Les éditions Scholastic, 175 Hillmount Road,
Markham (Ontario) L6C 1Z7.

5 4 3 2 1   Imprimé au Canada   03 04 05 06

Table des matières

1

Dragons et mammifères

— Oh! s'exclame Jessica Frigon.

— Aaaah! crie son petit frère Noé.

— Ahhh! soupire M. Beaucage, l'enseignant de Jessica.

— Gloup! fait André Fiset, qui manque de s'étouffer avec son sandwich au thon et à la guimauve.

Un énorme squelette à l'allure menaçante les

surplombe. Il a des griffes recourbées et de longues dents acérées.

— RECULE, Ô TERRIBLE BÊTE! lance Max Blier en faisant virevolter sa cape noire. SINON, JE VAIS TE JETER UN SORT ET TE TRANSFORMER EN POUSSIN!

— En *poussière*, pas en *poussin*! souffle Selena Cruz.

Max porte une cape noire et un haut-de-forme tous les jours. Il mélange souvent les mots quand il est énervé.

En fait, ce jour-là, tout le monde est énervé. L'équipe de l'expo-sciences de l'école élémentaire Rébus est en voyage à New York. Les élèves ont gagné récemment le premier prix d'une compétition scientifique : une visite au Musée d'histoire naturelle.

Partout où Max va, il veut faire de la magie. Il aime la magie encore plus que les dinosaures. Jessica, Selena et lui sont membres du Club Abracadabra, le seul club de magiciens et de détectives de l'école élémentaire Rébus.

Leur ami Karl Normand en fait aussi partie. Comme d'habitude, il a le nez enfoui dans un livre. Celui-ci est intitulé *Tout ce que vous voulez savoir sur New York*.

— Saviez-vous que le Musée d'histoire naturelle a ouvert ses portes en 1877? demande-t-il aux autres. Il a quatre étages et couvre quatre pâtés de maisons. Il est relié au métro, et n'est situé qu'à 350 km de Rébus.

Jessica regarde par-dessus son épaule.

— Ils parlent de Rébus dans ton livre?

— Non, répond Karl. J'ai mesuré la distance sur une carte.

Karl est le plus intelligent de tous les élèves de 4e année. Il adore les nombres. Il sait qu'il y a onze élèves de 3e année, dix-sept de 4e , quinze de 5e , six parents et cinq enseignants dans le groupe en visite à New York. Sans oublier Noé, le petit frère de Jessica, qui est venu parce que son père accompagne le groupe.

Karl connaît également la taille, le poids et le nom de chaque dinosaure dans la salle où il se

trouve. Il en sait presque autant que .
Mme Laterreur, leur guide.

— Ce squelette appartenait à un
tyrannosaure, dit Mme Laterreur. Peux-tu
nous dire quand vivait ce dinosaure, Karl?

— Durant le crétacé, répond celui-ci. Ça
veut dire qu'il est mort depuis au moins 65
millions d'années.

— Comment ça se fait qu'il ne sent rien?
demande André. Les hamsters morts empestent
après seulement deux jours.

Selena fait la grimace.

— C'est la même chose pour les garçons
qui mangent des sandwichs au thon et à la
guimauve.

— Les dinosaures ont régné sur la Terre
pendant plus de 170 millions d'années, explique
Mme Laterreur. Mille fois plus longtemps que les
êtres humains. Puis, *pouf!* ils sont disparus. Les
tyrannosaures, les tricératops, tous sont morts
lors d'une extinction massive.

— Je te l'avais dit qu'ils sontaient pourris! dit André.

— *Étaient*, le corrige Jessica.

— Personne ne sait de quoi ils sont morts, continue Mme Laterreur. Est-ce qu'un météore est tombé sur la Terre? Est-ce que des poussières volcaniques ont caché le soleil? Est-ce que des animaux plus petits ont mangé les œufs des dinosaures?

Elle désigne une scène exposée derrière une vitrine. On peut y voir un terrain sec et craquelé, où d'affreuses petites bêtes sont en train de dévorer des cadavres de dinosaures.

M. Yu, le professeur d'arts plastiques, s'agenouille près de la vitrine.

— Regardez comme ces animaux reconstitués ont l'air réels. J'aimerais pouvoir créer des maquettes comme celles-là.

— Pendant des millions d'années, ces petites bêtes ont été la proie des dinosaures, poursuit Mme Laterreur. Une fois les dinosaures disparus, les choses ont changé. Les grosses bêtes étant parties, c'était au tour des petites de régner en maîtres. Comme on ne les chassait plus, ce sont elles qui ont pris le contrôle de la Terre. Puis, après des millions d'années, leur taille a augmenté. Certaines sont devenues des chevaux, d'autres, des chiens ou des éléphants. Celles pourvues d'un certain type de cerveau sont devenues des êtres humains. Nous!

M. Yu éclate de rire :

— Ça veut dire que ces créatures sont nos arrière-arrière-arrière-arrière-arrière-arrière-arrière-arrière-arrière-arrière-arrière-arrière-grands-parents! On est de la même famille!

— Beurk! Je n'ai pas l'air de ça, dit Selena en se brossant les cheveux, une activité qui lui remonte toujours le moral.

— Mais il y avait aussi de petits dinosaures, dit Karl. N'ont-ils pas survécu à l'extinction massive?

— Non, malheureusement répond Mme Laterreur.

— Les mammifères les ont mangés! lance André. VIVE LES MAMMIFÈRES!

— À certains endroits, il n'y avait pas de mammifères pour prendre la place des dinosaures disparus, poursuit Mme Laterreur en sortant de la salle et en les conduisant vers un escalier. Dans ces régions, d'étranges choses se sont produites.

Au troisième étage, elle s'arrête devant une vitrine étiquetée VARAN DE KOMODO. À l'intérieur, trois reptiles géants empaillés sont attaqués par un phacochère.

— Les varans de Komodo sont aussi appelés « dragons de Komodo », dit Mme Laterreur. Ces « dragons » sont en réalité des lézards. À l'origine, il s'agissait probablement de petits lézards ordinaires. Mais sur l'île de Komodo, il n'y avait pas de mammifères pour les dévorer. Alors, ce sont les *lézards* qui ont évolué. Partout où les gros animaux ont disparu, les petits ont grossi.

— C'est ça! s'exclame Karl en levant les

yeux de son carnet. C'est là qu'ils auraient pu vivre!

— Qui? demande Mme Laterreur.

— Les petits dinosaures, répond Karl. S'ils avaient survécu dans un endroit où il n'y avait pas de mammifères, comme l'île de Komodo. Ils auraient pu évoluer et grossir. Et même devenir intelligents, comme les êtres humains. Est-ce que c'est possible?

Mme Laterreur ne dit rien.

— Eh bien, insiste Karl, est-ce que c'est possible?

Tout le monde regarde Mme Laterreur — les enseignants, les enfants, les parents.

Une boucle de cheveux gris tombe sur son front. Elle regarde d'un côté, puis de l'autre.

— Suivez-moi, dit-elle d'une voix basse en se hâtant le long d'un couloir.

— Je n'aime pas ça... dit Selena. Où nous emmène-t-elle?

— Manger, j'espère, dit André.

— Venez! leur dit Jessica en se mettant à courir.

Au bout du couloir, une porte de bois porte cette inscription : DÉFENSE D'ENTRER — RÉSERVÉ AUX EMPLOYÉS.

— Vite, venez! chuchote Mme Laterreur en ouvrant la porte.

Derrière se trouve une grande pièce vide. Dans un coin, on aperçoit une échelle, des pots de peinture et d'immenses boîtes. Mme Laterreur se dirige rapidement vers le mur opposé. Elle écarte un rideau noir pour laisser passer tout le monde dans une pièce adjacente.

Jessica cligne des yeux, mais elle ne voit rien. La pièce est plongée dans l'obscurité.

Une fois que tout le monde est entré, Mme Laterreur referme le rideau.

— J'ai peur, dit Noé d'une petite voix.

— SALUT! crie un dinosaure souriant en bondissant d'un coin obscur.

2

Toujours vivants?

— Aaaah! crie Karl.

— Pouah! lance Selena.

— TU NE ME FAIS PAS PEUR, MÉCHANT DINOSAURE! crie Noé en courant vers la bête et en essayant de la frapper sur le nez.

Mais sa main rencontre le vide.

— Je suis désolée, dit Mme Laterreur en allumant la lumière. Ne vous en faites pas, ce n'est qu'un hologramme, une image en trois

dimensions. On dirait qu'il bouge, mais c'est une illusion. Il fait partie d'une exposition qui commence le mois prochain. Je voulais vous en donner un aperçu avant l'ouverture.

Le cœur de Jessica bat à tout rompre. Le dinosaure a l'air tellement réel. Il a une peau écailleuse d'un vert jaunâtre, des pattes aux doigts pointus, une grosse tête allongée et des yeux de lézard. Mais il se tient sur deux pattes et porte des sandales, un jean, un t-shirt orangé et une casquette des Mets de New York.

— Ce dinosaure est un sténonychosaure, dit Mme Laterreur. Enfin, pas tout à fait. Les sténonychosaures n'étaient pas exactement comme ça. Mais c'est à ça qu'ils pourraient ressembler s'ils étaient toujours vivants. Certains pensent que ce dinosaure est le seul qui aurait pu devenir aussi intelligent que les humains. Son cerveau était très gros.

— S'il était si intelligent, dit André, il serait un fan des Red Sox.

Karl dit tout en écrivant :

— Sté-no-ny-cho-saure...

— Il est super, dit Max.

— Il est affreux, dit Selena en se brossant les cheveux à toute vitesse. Enfin, moi, je le trouve affreux. Mais c'est peut-être parce que je suis une artiste. J'aime les belles choses.

— Je pense que le sténonychosaure ne serait pas comme ça s'il vivait aujourd'hui, dit Karl. Si des créatures toutes poilues ont pu évoluer jusqu'à devenir des humains...

— ...il se pourrait que ce dinosaure ait l'air humain, aujourd'hui, dit Max. Ou ressemble à un extraterrestre!

— Ou encore qu'il te ressemble! dit André. Ha, ha, ha!

— Justement, dit Mme Laterreur, notre musée a organisé un concours intitulé « Créez un sténo ». Nous avons mis des annonces dans tous les magazines d'arts et de sciences. Nous cherchons la meilleure représentation de l'allure qu'aurait ce dinosaure s'il existait encore.

— Est-ce qu'il pourrait toujours exister? demande Max. Ce serait génial. Imaginez une colonie de dinosaures vivant sur une île. Avec un bouclier d'invisibilité, des maisons sophistiquées et d'immenses ordinateurs!

Jessica éclate de rire. Mais leur guide garde un air sérieux. Elle hausse les épaules et hoche la tête :

— Eh bien, dit-elle, je suppose que tout est possible.

Toute la journée, Jessica ne cesse de penser aux paroles de Mme Laterreur. *Tout est possible.* En ce moment, des savants et des artistes, les plus grands cerveaux du monde, travaillent à produire des maquettes de sténonychosaure. Savent-il quelque chose qu'elle ne sait pas? Auraient-ils capté un signal d'une île perdue? Les humains seraient-ils en danger?

Ce soir-là, dans la chambre d'hôtel qu'elle partage avec Selena, elle est plongée dans ses pensées. Un groupe d'élèves s'y est rassemblé pour raconter des histoires de fantômes.

— Il était une fois, commence Selena en dirigeant le faisceau d'une lampe de poche sur sa figure, une île appelée Suber…

— Suber? répète André, qui est assis sur le sol et se cure les oreilles.

— Suber, c'est Rébus à l'envers, explique Selena. Maintenant, tais-toi et ne gâche pas l'histoire.

— J'ai faim, dit André.

— J'ai des fruits, dit Karl. Je vais te les donner à une condition. Tout le monde doit essayer de deviner le fruit qu'il y a dans ce sac. Je vais écrire vos réponses sur des bouts de papier que je mettrai dans le chapeau de Max. André en pigera un, et je devrai deviner ce qui est écrit dessus. Si je réussis, André pourra le manger.

— Oh, vous autres! gémit Selena.

— Pomme! s'écrie André.

— Pomme... dit Karl en écrivant sur un bout de papier.

— Prune, lance Colon Jalbert, un élève de 4e année très agaçant.

— Banane, dit Charlotte Crevier.

— Chocolat! crie Max. Attends, je veux dire orange!

Karl écrit toutes les réponses sur des bouts de papier, puis met ceux-ci dans le chapeau.

— Bon, dit Karl. André, pige un papier et ne me dis pas ce que c'est!

André serre les dents et sort un papier du chapeau.

— Je parie que c'est... ça! dit Karl en sortant une banane du sac.

André retourne le bout de papier qu'il a pigé.

— C'est écrit *banane*! Comment as-tu fait?

— Ah! Je connais ce tour-là, dit Colon. Je

devrais faire partie de votre club. Ce qu'il a fait,
c'est…

— Un magicien ne révèle jamais ses tours,
dit Karl. Maintenant, tiens-toi tranquille
pendant que Selena raconte son histoire.

— Hum! fait Selena en s'éclaircissant la
voix. Lumières, s'il vous plaît.

Max éteint, puis revient s'asseoir. Il prend
une lampe de poche et la dirige vers le mur. Il
fait des mouvements avec ses mains dans le
faisceau lumineux.

— Max, qu'est-ce que tu fais? demande
Selena, furieuse.

— Tu as dit que ton histoire se passait sur
une île, répond Max. Alors, je fais un océan.

Selena reprend en soupirant :

— Il y a très longtemps, les bateaux qui
passaient devant l'île de Suber disparaissaient
sans laisser de trace. *Pouf!* Voyez-vous, de très
étranges créatures vivaient sur Suber : des
dinosaures, grands et petits. Des dinosaures qui
avaient survécu à l'extinction. Des tyrannosaures

affamés, des brontosaures inoffensifs, des ptéranodons volants...

Les mains de Max forment une grande ombre, une ombre allongée et une ombre ailée.

— Les gros dinosaures avaient très, très faim, continue Selena, et mangeaient les plus petits. Alors, au fil des ans, les petits dinosaures ont disparu.

Max fait marcher ses doigts, puis les repousse d'une tape avec son autre main.

Selena se penche vers l'avant. Elle se met à chuchoter :

— Mais un groupe de très petits dinosaures a réussi à se cacher. Ils savaient que les gros dinosaures manqueraient bientôt de nourriture. Alors, ils ont attendu. Et attendu. Finalement, les gros dinosaures sont tous morts. Les années ont passé, et les petits dinosaures sont devenus intelligents. Encore plus intelligents que les ordinateurs les plus puissants. Ils pouvaient vivre pratiquement sans dormir ni manger. Ils ne se souciaient pas des stupides créatures qui dirigeaient le reste de la planète. Mais après quelque temps, ils ont commencé à se préoccuper de ces créatures, qu'on appelait les êtres humains. « Ils sont si nombreux, disait le chef des dinosaures. Et nous sommes si peu! » Les dinosaures savaient qu'ils ne pouvaient plus attendre. Un jour, ils ont décidé de quitter l'île de Suber. ET ILS ONT ATTAQUÉ LES HUMAINS!

Dans le faisceau lumineux de la lampe de poche, une ombre apparaît. Mais ce n'est pas la main de Max. Elle a des dents pointues et des griffes acérées!

— Aaaah! hurle Érica.

Colon Jalbert se roule sur le sol en riant. Il tient dans sa main droite une petit dinosaure de plastique.

— Je vous ai eus!

Selena se lève et allume la lumière.

— Donne-moi ça, dit-elle en saisissant le dinosaure. Où l'as-tu trouvé?

— Ton sac à dos était ouvert, dit Colon en haussant les épaules. Il est tombé.

Karl regarde Selena d'un air étrange.

— Toi, tu as acheté un lézard de plastique?

— Il doit se transformer en Barbie! lance Max.

— Tu as brisé la fermeture éclair de mon sac, Colon! crie Selena en tentant de refermer son sac à dos. DEHORS, TOUT LE MONDE! Les histoires sont terminées. Jessica et moi devons dormir pour être fraîches et disposes demain matin.

— C'est vrai que tu as un petit air défraîchi, dit André en marchant sur sa peau de banane en partant. Ha, ha, ha!

Quand leurs amis sont partis, Selena se tourne vers Jessica et lui demande, avec un petit sourire incertain :

— Comment as-tu trouvé mon histoire?

— Géniale, dit Jessica. Tu es aussi douée pour les histoires que pour les arts!

Elle dit la vérité. Enfin, presque.

Selena est vraiment une bonne conteuse. Mais Jessica n'a pas aimé son histoire.

Elle a trop peur qu'elle soit vraie.

3

Un monstre à l'école

Le lundi midi, Jessica se sent beaucoup mieux. Elle est de retour à Rébus. Elle a plein de souvenirs de son voyage. Et l'hologramme du sténonychosaure se trouve à 350 kilomètres de là.

De plus, leur enseignant, M. Beaucage, qui est aussi responsable du Club Abracadabra, leur a annoncé une grande nouvelle.

— Max, devine ce qui nous arrive! dit-elle en se précipitant dans la cafétéria.

Max est dans une autre classe que Karl, Selena et Jessica. Il n'est donc pas encore au courant.

— Le Club Abracadabra a un contrat! dit Jessica.

Max porte une énorme paire de lunettes sur lesquelles sont imprimés des dinosaures.

— OUI, TOUT UN CONTRAT! ON DOIT SAUVER L'ÉCOLE DES MÉCHANTS DINOSAURES DÉGUISÉS EN HUMAINS. GRÂCE À MES LUNETTES DÉTECTRICES DE DINOSAURES, J'EN VOIS UN MAINTENANT, À LA TÊTE DE LA FILE D'ATTENTE!

— C'est seulement André, dit Jessica en traversant la file. Et je ne parle pas de ça, mais d'un *vrai* contrat! Un spectacle de magie! M. Beaucage nous l'a annoncé tantôt. Samedi, il y aura une fête pour tout le village au Parc Crevier. Le parc a ouvert ses portes il y a exactement 75 ans et le propriétaire veut souligner l'anniversaire en présentant un spectacle de magie!

Le Parc Crevier est le grand parc d'attractions de Rébus. On y trouve un carrousel, des montagnes russes, une grande roue et des autos tamponneuses.

Max sourit :

— Vraiment? Pour tout le village? On va être célèbres!

— Il faut se préparer sans tarder, dit Jessica en se dirigeant vers la table de Karl et Selena. Venez, on a des millions de choses à régler.

Mais Colon Jalbert est déjà là, en train de faire un spectacle à sa façon.

— Regardez ça! C'est le meilleur tour que vous avez jamais vu! dit-il en brandissant un beigne à la gelée de fraises. Je vais mettre ce beigne sur la table et le couvrir avec une serviette...

— Colon veut se joindre au club, dit Karl en soupirant.

— S'il veut vraiment faire de la magie, dit Selena en essayant de refermer son sac à dos, il devrait d'abord réparer la fermeture éclair qu'il a cassée!

— Va-t'en, Colon, dit Jessica. On a des choses à discuter.

— Regardez… dit Colon en faisant glisser la serviette vers lui sur la table.

Quand la serviette arrive au bord, il la soulève — le beigne a disparu.

— Abracadabra! J'ai fait disparaître le beigne! C'est génial, hein?

Jessica secoue la tête.

— Tu as tout fait de travers. Laisse-moi te montrer. Où est le beigne?

Tout à coup, un cri leur parvient du couloir.

— Hiiiiii!

Noé, vêtu de ses vêtements de gymnastique, arrive en courant dans la cafétéria. Le dîner des élèves de 4ᵉ année a lieu en même temps que le cours de gym des petits de 1ʳᵉ année.

— Jessica! Au secours! Le ballon a roulé

dans le couloir, et quand j'ai voulu le rattraper, j'ai vu un monste! Un gros monste vert affreux, avec des gros yeux et des ongles pointus!

— C'est *monstre*, pas *monste*, le corrige Jessica. Et ça n'existe...

— AHA! MAX LE MAGNIFIQUE VA ENQUÊTER! crie Max en sortant dans le couloir.

Noé le suit.

Jessica bondit de sa chaise... et marche sur un beigne à la gelée de fraises.

— Colooooooon! crie-t-elle, furieuse, tout en glissant vers la porte.

Quand elle est à mi-chemin du gymnase, la cloche sonne. Le dîner est fini. Les enfants sortent des classes.

M. Yu, l'enseignant d'arts plastiques, est dans le couloir en train de parler au concierge, M. Scott.

— Cette école est une vraie écurie! dit
M. Scott. C'est toujours la galopade dans les
couloirs!

Noé s'arrête au bout du couloir.

— C'est ici que je l'ai vu. Il a tourné là. Il
était tout raide et effrayant.

— C'est peut-être M. Scott que tu as vu, dit
Selena. Il est tout raide et effrayant.

— J'ai vu un dinosaure! insiste Noé en se
dirigeant vers le gymnase, l'air furieux. Je l'ai
vraiment vu!

— JE LES VOIS, MOI AUSSI! s'écrie Max
en tournant sur lui-même. DES TROUPEAUX
ENTIERS. NOUS SOMMES ENVAHIS!

— Max, il y a des dinosaures sur tes
lunettes, dit Selena. C'est pour ça que tu en vois
autant!

— Oh! fait Max.

Jessica s'appuie sur le mur et retire ses

souliers. Les semelles sont couvertes de gelée de fraises. Elle s'approche de la poubelle. C'est alors qu'elle voit une longue chose verte.

Elle est déchirée, comme du papier. Mais elle est épaisse et couverte d'écailles. Jessica se baisse pour y toucher. On dirait du cuir ou du plastique.

— Qu'est-ce que c'est que ça?

— Ça ressemble à de la peau, dit Karl en s'agenouillant près d'elle.

— Est-ce que les dinosaures muaient? demande Max.

— Ça dépend des théories, répond Karl. Voyez-vous, selon la théorie des reptiles à sang froid...

— Hé! Où êtes-vous? appelle la voix de Colon à l'autre bout du couloir. J'ai un autre tour à vous montrer!

Jessica pense à une bonne cachette pour

éviter Colon : le placard du concierge. Il y a une porte dans le fond qui mène au sous-sol. Les membres de Club Abracadabra utilisent parfois cette porte pour se rendre à leur local.

— Monsieur Scott! appelle-t-elle. Est-ce qu'on peut se cacher dans votre placard?

— C'est verrouillé... dit M. Scott.

Pas de chance. M. Scott laisse sa porte ouverte, d'habitude. Selena traverse le couloir vers les salles de musique. La porte d'une des salles est entrebâillée.

— Vite! Cachons-nous ici!

Selena, Max, Karl et elle entrent dans la pièce et referment la porte. Comme il n'y a pas de fenêtre, la salle est plongée dans l'obscurité. L'obscurité la plus totale. Seul un mince rai de lumière passe sous la porte. Jessica tâte le mur pour trouver un interrupteur.

— Bououou! fait Max.

— Arrête ça! dit Selena. Jessica, c'est ridicule. On ne voit rien!

— Tu es tellement peureuse, dit Jessica.

30

— Jessica? appelle Colon du couloir. Où es-
tu passée?

Jessica retient son souffle. Peu à peu, ses
yeux s'habituent à la noirceur, mais elle ne voit
toujours pas d'interrupteur.

Elle se tourne vers l'autre mur. Elle aperçoit
l'ombre de Selena, de Max, de Karl — et quelque
chose d'autre.

Quelque chose de gros.

Quelque chose qui a des yeux globuleux,
une tête chauve et des doigts pointus.

4

Le tour du papier hygiénique

— Sortons d'ici! hurle Jessica.

Les quatre amis se précipitent aussitôt dans le couloir. Des élèves qui passaient par là sursautent en les voyant surgir.

La porte claque derrière eux.

— Jessica, qu'est-ce qu'il y a? demande Karl.

— Il y avait quelque chose là-dedans!

répond Jessica en désignant la salle de musique. Un dinosaure, je pense. Avec de très gros yeux et des doigts pointus! Vous ne l'avez pas vu?

— Je ne regardais pas, dit Max.

— C'est impossible, dit Karl en mettant la main sur la poignée de la porte.

— NON! crie Selena. Ne l'ouvre pas!

M. Yu s'approche d'eux en courant.

— Qu'est-ce qui se passe? demande-t-il.

— Jessica a vu quelque chose dans la salle de musique, répond Selena. Et moi aussi!

— Toi aussi? demande Karl.

— Oui, dit Selena. C'était seulement un violoncelle. Vous savez, un gros violon qui se tient debout? Quelqu'un a mis un manteau dessus. Dans le noir, on aurait dit que c'était vivant!

— Un violoncelle avec un manteau? dit Jessica.

Elle secoue la tête. Elle sait à quoi ressemble

un violoncelle. Cette chose n'était pas un violoncelle. C'est impossible.

— Jessica, tu es tellement peureuse, dit Selena.

Un après l'autre, les élèves rassemblés dans le couloir se mettent à rire. Jessica leur tourne le dos et s'éloigne d'un pas bruyant. Elle déteste qu'on se moque d'elle.

Du coin de l'œil, elle cherche le bout de peau verdâtre.

Il n'est plus là.

Tout le long de la journée, Jessica pense au violoncelle. Un violoncelle, c'est haut. Recouvert d'un manteau, ça peut avoir l'air d'une personne ou d'un animal. Mais que penser des yeux qu'elle a vus? Et de la tête?

Quand la cloche sonne, elle se précipite hors de la classe de M. Beaucage. Elle traverse la foule d'élèves et arrive à la porte de la salle de musique. S'assurant que personne ne la regarde, elle ouvre la porte.

Des trombones sont alignés le long du mur. Un tuba est sur une chaise. Un violoncelle est couché sur le côté. « Il n'y a pas de dinosaure, se dit-elle. C'était probablement mon imagination. »

— Jessica, arrête donc de chasser des monstres! dit Karl qui passe rapidement près d'elle. Viens vite! Colon se dirige vers le local du Club!

Jessica laisse la porte se refermer. Karl et elle se hâtent dans le couloir, puis descendent les marches qui mènent au sous-sol.

Les réunions du Club Abracadabra ont lieu tous les lundis et jeudis après l'école, dans un local du sous-sol. Selena et Max sont déjà arrivés, ainsi que M. Beaucage. Ils observent Colon.

— REGARDEZ-MOI, COLIN L'ENCHANTEUR, FAIRE LE TOUR DU PAPIER DE TOILETTE! dit Colon en déballant un rouleau de papier hygiénique.

— Attends! lance Jessica en se précipitant dans la pièce. Je déclare la séance ouverte! Nous avons beaucoup de points à l'ordre du jour. Karl va commencer par nous parler de notre nouveau contrat.

Jessica est le cerveau du Club Abracadabra. En d'autres mots, c'est elle qui décide. Elle dirige toutes les réunions. Elle engueule ceux qui font les idiots.

Jessica aime que tout soit parfait. Elle tient à ce que les choses se fassent comme *elle* veut et quand *elle* le veut.

— Carnet de réunions du Club Abracadabra, lundi… commence Karl en lisant dans son carnet.

Karl est le scribe ou secrétaire officiel du Club. Il adore prendre des notes. Il a quatre calepins officiels du Club : le Carnet de réunions, le Carnet des dossiers du Club (où il note les tours de magie et la façon de les réaliser), le Carnet d'indices et le Registre des mystères (où il inscrit les mystères une fois résolus).

— Lundi dernier, à 8 h 34, M. Beaucage a

reçu un appel de M. Crevier, le grand-père de Charlotte, qui est le propriétaire du Parc Crevier. Il veut faire une grande fête pour tout le village de Rébus. Le Parc Crevier a été fondé il y a 75 ans par son propre grand-père, M. Roger Crevier, qui vivait sur la rue des Marronniers...

— Parle-nous du *spectacle*, Karl! dit Selena. Des choses importantes, comme la couleur des rideaux. Sont-ils roses, rouges, verts? Il faut que nos costumes s'harmonisent avec les rideaux.

Max agite sa baguette magique.

— MAX LE MAGNIFIQUE NE PORTERA PAS DE CAPE ROSE!

Selena est la styliste du Club. Elle s'occupe des costumes, des décors, des accessoires et du son. Bref, de tout ce qui concerne l'apparence du Club Abracadabra. Quant à Max, il est le Numa du Club. Personne ne sait vraiment ce qu'est un Numa, mais pour une raison ou pour une autre, ça lui va comme un gant.

— On n'a pas beaucoup de temps pour donner notre spectacle, dit Karl en lisant ses notes. Seulement 10 à 15 minutes.

— Bon, dit Jessica, trouvons cinq bons tours. On en ajoutera trois autres, juste au cas.

M. Beaucage se frotte les mains de satisfaction.

— J'ai construit une armoire magique de 2 m de haut, pour un tour d'escamotage. On enveloppe une personne comme une momie, puis on la met à l'intérieur. Ensuite, on ferme la porte et...

— Je sais! s'écrie Colon en sautant sur ses pieds et en commençant à déchirer un long bout de papier hygiénique. Je peux faire le premier tour! Regardez-moi déchirer ce papier en minuscules morceaux... puis les remettre ensemble! UN, DEUX, TROIS, PRESTO!

Il tourne sur lui-même et les bouts de papier hygiénique s'envolent de ses mains.

Ils atterrissent dans la figure de Selena.

— POUAH! PTEUH! PTEUH! fait Selena en crachant des bouts de papier blanc et en courant vers l'évier.

— Oh, oh! dit Colon en regardant le rouleau de papier hygiénique. Mais mon numéro va être au point pour le spectacle, je vous le promets.

Le fisettosaure

— Colon *ne peut pas* participer à notre spectacle, dit Jessica à Karl en allant à l'école le lendemain matin.

— Colin Colon, colimaçon! chantonne Noé dans le casque de plastique de son costume de chevalier.

— Le Club Abracadabra est un club scolaire, réplique Karl. Il faut qu'on accepte tous les élèves. Et si Colon fait partie du club, il doit faire partie du spectacle.

— J'aimerais mieux mourir! s'exclame Jessica.

— *Zap!* fait Noé en bondissant devant elle et en brandissant son épée grise en plastique. Tes désirs sont des ordres. Tu es morte! Tombe!

Jessica soupire et continue à marcher.

— Pourquoi portes-tu ce costume idiot?

— Pour me protéger des dinosaures, dit Noé. Et aussi de toi, Poil-de-carotte!

C'en est trop. Jessica déteste au plus haut point qu'on l'appelle Poil-de-carotte. Elle essaie d'attraper son frère.

— Poil-de-carotte! Poil-de-carotte! crie Noé, qui traverse en courant la pelouse devant l'école.

Juste au moment où Noé passe devant un autobus scolaire stationné, André Fiset en sort. Il transporte un gros dinosaure gonflable, presque aussi grand que lui.

— Ha, ha, ha! Je suis le fisettosaure... Je

vais conquérir le monde et manger tous les petits garçons de 1re année!

Noé se retourne et brandit son épée.

— Gros tarla! s'écrie-t-il en frappant le dinosaure, qui tombe des mains d'André.

— Ayoye! crie André.

Le dinosaure gonflable roule sur le gazon. Il manque de renverser Karl, qui est en train d'écrire dans son carnet.

— C'est lui! lance Noé. C'est le gros *monste* que j'ai vu dans le couloir hier!

Jessica s'approche. Le dinosaure appartient à André, et est donc couvert de taches de nourriture. Il a une peau verte écailleuse. Une partie de la peau s'est arrachée, révélant le caoutchouc vert au-dessous. Elle le palpe. La texture lui rappelle la peau qu'ils ont trouvée dans le couloir la veille. Était-elle plus caoutchouteuse? Elle n'en est pas sûre.

— André a dû apporter ce dinosaure à l'école hier, dit-elle. C'est ça qui a fait peur à Noé. Et après, quand on est allés dans le couloir,

André l'a caché... dans la salle de musique! Ce n'est donc pas un violoncelle que j'ai vu, après tout!

— Il y a un hic, dit Karl. André était dans la cafétéria tout ce temps-là!

— Hé! Lâchez ça! crie André en courant vers eux.

— André, est-ce qu'on peut te poser une question? dit Selena.

André ramasse son dinosaure. Il se tourne vers Selena et lâche un rot. Puis il court vers l'école.

À ce moment-là, Max descend de l'autobus.

— MESDAMES ET MESSIEURS...

Jessica le saisit par le bras :

— Viens!

André se dirige vers une porte sur le côté de l'école. Jessica, Max, Karl et Selena le suivent. Mais ils le perdent de vue en entrant dans l'école.

Karl marche de long en large.

— Si vous étiez André et que vous vouliez vous cacher dans l'école, où iriez-vous?

— À la cafétéria! s'exclame Max. C'est son endroit favori!

— Non, c'est son *deuxième* endroit favori, dit Jessica en avançant dans le couloir. Il passe beaucoup plus de temps *là-dedans*.

Elle désigne les toilettes des garçons.

Karl regarde Max. Max regarde Karl.

— On s'en occupe, dit Max.

Ils roulent leurs manches et entrent dans les toilettes.

La pièce n'est pas très grande. André n'est pas devant les lavabos. Karl vérifie les fenêtres pour voir si André s'est faufilé par là, mais elles sont verrouillées.

— André? appelle Max en frappant à chacune des portes.

Il s'arrête devant la dernière. Il voit des pieds qui dépassent et se met à genoux pour mieux les voir.

Il se fige.

Les pieds sont nus, couverts d'écailles, et de couleur verte. Avec de longues griffes acérées.

— SAUVONS-NOUS! crie Max.

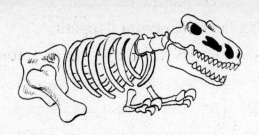

6

Alerte dans les toilettes

— Allez-vous vous taire? dit Selena en marchant vers la cafétéria. Vous avez parlé de ça toute la journée : des pattes, des pattes, des pattes! Vous avez vu le dinosaure gonflable d'André, c'est tout.

— Les pattes gonflables n'ont pas de griffes, proteste Karl.

— Ni d'écailles, ajoute Max.

Selena se tourne vers eux.

— *S'il vous plaît*, c'est l'heure du dîner. Vous allez me faire perdre l'appétit.

— J'ai fait des recherches sur l'ossature des pattes de dinosaure, dit Karl en ouvrant son carnet. La forme des pattes qu'on a vues correspond exactement à celle des pattes d'un dinosaure bipède du crétacé supérieur.

— Alors, maintenant tu crois qu'il y avait un dinosaure dans les toilettes des garçons? demande Jessica.

— Je ne fais que récolter des indices, réplique Karl. D'abord, Noé a vu quelque chose dans le couloir. Ensuite, tu l'as vu dans la salle de musique. Et maintenant, Max et moi l'avons vu dans les toilettes. Est-ce qu'il s'agissait chaque fois du dinosaure d'André? Est-ce qu'il a pu le cacher dans l'école pendant deux jours sans que personne s'en aperçoive?

Jessica secoue la tête.

— André n'est pas assez intelligent pour ça.

— ÉCARTEZ-VOUS! crie André qui arrive à toute vitesse. IL FAUT QUE J'Y AILLE.

Tout le monde le laisse passer. André tourne le coin en courant, manquant de renverser trois élèves de 2ᵉ année.

— Suivons-le! dit Max.

Avec un grand soupir de soulagement, André entre dans les toilettes des garçons.

Max s'arrête devant la porte.

— Eh bien, dit Selena, qu'est-ce que tu attends?

Max avale sa salive :

— Et si la *chose* est encore là?

Karl ouvre son carnet.

— Quelles sont nos options, à votre avis?

— Allez-y! insiste Jessica.

Derrière eux, des élèves se dirigent vers la cafétéria. Le couloir se vide.

Tout à coup, des bruits s'échappent des toilettes des garçons. BOUM! PLONK!

Karl en échappe son carnet. Max met la main sous sa cape pour sortir sa baguette magique. Selena et Jessica reculent.

La porte des toilettes s'ouvre lentement en grinçant… et André apparaît.

Il est blanc comme un drap et ses yeux sont écarquillés. Il regarde Max sans le voir.

— André? Ça va? demande Jessica.

La bouche d'André s'ouvre, mais il n'émet aucun son.

Puis une main se glisse par la porte et s'élève au-dessus de sa tête. Une main verte griffue.

— *Attention, André!* crie Selena.

La main saisit André par les cheveux. Elle le tire à l'intérieur de la pièce. André pousse un cri terrifié.

Jessica et Selena se précipitent. Elles poussent la porte et entrent dans la pièce.

Karl les suit en tenant son carnet devant lui comme un bouclier.

— ABRACADABRA… MONSTRUM…
DÉGUERPIRIUM! lance Max en entrant à son
tour et en agitant sa baguette magique. Euh…
Je crois que c'est la bonne formule…

André est étendu sur le sol. Il ne bouge pas
et ses yeux sont fermés.

— Est-ce qu'il est mort? demande Selena.

Jessica se met à genoux pour écouter son
cœur.

— Bwap! rote André.

Jessica se remet sur ses pieds d'un bond.

— André, tu es dégoûtant!

La main est par terre dans un coin de la
pièce. Elle est verte et couverte d'écailles.

— Où as-tu trouvé ça? demande Selena en
la ramassant.

André s'assoit en montrant Jessica et Selena
du doigt.

— HÉ! MONSIEUR! IL Y A DEUX FILLES
DANS LES TOILETTES DES GARÇONS! HA,
HA, HA!

7

Des dinos partout!

Jessica sort en vitesse des toilettes.

— André Fiset, tu es horrible et dégueulasse et méchant!

— Tu as oublié dégoûtant, dit André, debout dans l'embrasure de la porte.

— ÇA A MARCHÉ! ÇA A MARCHÉ! chantonne Max, qui sort en sautillant, suivi de Karl. LA FORMULE DE MAX LE MAGNIFIQUE A FAIT DISPARAÎTRE LE MONSTRE!

— Ce n'était pas un monstre, Max, dit Jessica. André s'est servi d'une fausse patte de dinosaure. Montre-la-lui, André.

— Je l'ai jetée dans la toilette et j'ai tiré la chasse d'eau, réplique André.

— Je vais la trouver, déclare Karl en ouvrant la porte.

Selena sort des toilettes en tirant sa brosse de son sac à dos.

— Pouah! Mes cheveux ont une odeur de toilettes de garçons. C'est de ta faute, André!

— Attends que je dise au directeur que tu étais là-dedans, dit André en partant vers la cafétéria. Et s'il ne me croit pas, je lui dirai de sentir tes cheveux! Ha, ha, ha!

Il éclate de rire et part en courant.

— Si tu fais ça, je vais lui dire que tu as volé la patte de dinosaure, lance Selena.

Karl sort des toilettes.

— La patte n'est plus là! dit-il.

— Et puis? dit Selena en se brossant furieusement les cheveux.

— Une paire de pieds… une main… dit Karl en marchant de long en large. Peut-être qu'André avait un costume de dinosaure complet et qu'il l'a apporté à l'école en pièces détachées. Quand personne ne le regardait, il l'a mis pour faire peur aux gens. C'est ça que Noé a vu dans le couloir, et que Jessica a vu dans la salle de musique.

— C'est complètement idiot, dit Jessica.

— Bon, dit Selena en se tournant vers la cafétéria, je préfère aller manger que de parler de garçons dégoûtants.

Érica Landry, la plus snob des élèves de 4ᵉ année, l'attend à l'entrée de la cafétéria.

— J'espère que tu es contente, Selena Cruz, dit-elle. Charlotte ne veut plus venir à l'école. Elle pense qu'il y a des dinosaures dans le couloir. C'est à cause de l'histoire stupide que tu as racontée à l'hôtel. Tu l'as hypnotisée, n'est-ce pas?

— Quoi? s'exclame Selena.

— Toi et ton stupide club de magie, poursuit Érica. Tu as aussi hypnotisé Benoît Mondor et Diane Vanier. Tous les trois disent qu'ils ont vu un gros dinosaure vert avant que l'école commence.

Karl sort son carnet et commence à écrire.

— Sais-tu quelle sorte de dinosaure c'était? Carnivore ou herbivore? Ailé ou à long cou? Du crétacé ou du jurassique?

— Comment est-ce que je le saurais? répond Érica. Ne me regarde pas comme ça. Au secours! Monsieur Sicotte! Le Club Abracadabra essaie de m'hypnotiser!

Jessica ne sait plus quoi penser. Maintenant, cinq personnes ont vu le dinosaure : d'abord Noé, puis Charlotte, Benoît, Diane et elle-même. Peut-être même Max et Karl.

Impossible que toutes ces personnes aient rêvé.

Jessica, Selena, Karl et Max s'assoient à une table. Mais ils ne peuvent pas discuter du dinosaure, car Colon Jalbert arrive quand ils commencent à manger.

— Va-t'en, Colon, dit Jessica.

— Pour mon tour d'aujourd'hui, je vais transformer ce sachet de sucre… en tablette de chocolat! dit Colon en plaçant sa main gauche en coupe et en y enfonçant le sachet de sucre avec sa main droite. *Abracadabra!*

Du sucre se renverse de son poing et tombe sur les genoux de Karl.

— Hé! s'écrie ce dernier en se levant d'un bond.

Il heurte son plateau qui glisse sur la table, percutant le plateau de Max. Les deux plateaux tombent sur le sol, où ils atterrissent avec fracas.

Tout le monde s'écarte. Karl trébuche sur Colon, qui s'accroche à un tas de sacs à dos empilés au bout de la table. Les deux garçons tombent par terre en entraînant des plateaux et des sacs à dos dans leur chute.

— Les enfants, s'il vous plaît! s'écrie

M. Sicotte. Quelqu'un, apportez des serviettes de papier!

— Il y a du jus dans mes cheveux! hurle Selena en les brossant frénétiquement.

— Ha, ha, ha! rit André, assis à la table voisine.

Selena et Max ramassent des livres qui sont tombés dans la flaque de jus. Jessica va chercher des serviettes de papier. Colon et elle essuient la table.

Mais sous la table, Karl reste immobile. Il regarde un objet qui est tombé sur le sol. Un objet inattendu. Une patte verte et écailleuse de dinosaure.

8

Parle, Karl!

Les pas de Jessica résonnent dans le couloir.
L'école est finie, et tous les élèves sont partis.

Tous, sauf Max, Selena, Karl et elle.

— Qu'est-ce que Karl veut, au juste?
chuchote Selena.

— Je ne sais pas, répond Max. Il a
seulement dit de le rejoindre à la bibliothèque.

— Il est bizarre depuis le dégât d'hier, dans
la cafétéria, dit Selena.

— Il devrait oublier ça, dit Jessica. On a un spectacle à préparer!

Mme Vaillant, la bibliothécaire, leur fait signe du comptoir. Elle désigne un coin près de la fenêtre.

Karl est installé à une table remplie de livres. Il est en train d'écrire dans son carnet. Jessica s'approche et jette un coup d'œil par-dessus son épaule.

— Tu sais dessiner? demande-t-elle.

Karl referme son carnet, le range dans son sac à dos et se lève.

— Suivez-moi, dit-il.

— Karl, qu'est-ce qui se passe? demande Selena alors qu'ils sortent de la bibliothèque.

— Tu vas voir, répond Karl, qui les précède le long d'un couloir, puis d'un autre.

Il traverse le hall d'entrée, puis emprunte un autre couloir. M. Scott, le concierge, est en train de laver le plancher en chantant une vieille chanson.

— Attention où vous marchez! leur crie-t-il.

Karl dépasse M. Scott, tourne à droite, puis s'arrête. Deux portes plus loin se trouve le local d'arts plastiques, dont la porte est ouverte.

— Hier, à la cafétéria, chuchote Karl, j'ai trouvé un indice.

— Pourquoi est-ce que tu n'as rien dit? demande Jessica.

— Je ne pouvais pas, dit Karl. Je devais être prudent. Je pense qu'un membre du Club Abracadabra est impliqué dans ce mystère.

— C'est impossible! s'exclame Max.

— Le Club Abracadabra n'a pas de secrets! proteste Jessica.

Selena secoue la tête.

— Karl, ce que tu dis n'a pas de sens.

— Peut-être, dit Karl en avançant dans le couloir. Allons vérifier. Venez avec moi et faites comme si vous étiez d'accord avec tout ce que je dis.

Dans le local d'arts plastiques, M. Yu est en train de ranger. Il a l'air surpris de les voir entrer.

— Bonjour, monsieur, on fait un projet pour

62

M. Beaucage, dit Karl en déposant son carnet ouvert sur le bureau de M. Yu. Il veut qu'on dessine un tricératops. Il faut qu'on le fasse de mémoire, d'après ce qu'on a vu à New York. C'est bien ça? demande-t-il à ses camarades.

— Heu... oui, répond Max.

— On fait ce travail en équipe, ajoute Jessica.

— C'est ça! reprend Max.

M. Yu regarde attentivement le dessin de Karl. Il a une expression sérieuse.

— Eh bien, je suis désolé, Karl, dit-il, mais ce n'est pas un tricératops.

— Oh, non! dit Karl. J'ai dû les mélanger. Ça ressemble à un des dinosaures qu'on a vus. Je ne me rappelle pas lequel...

— Ça alors! dit Max. Karl qui a oublié quelque chose?

Jessica lui donne un coup de coude.

— Je veux dire... c'est ça! glapit Max.

— Il marche sur deux pattes... a un long

cou… ses pattes ont une sorte de pouce, dit
M. Yu en hochant la tête. L'angle du museau, la
taille du cerveau… C'est remarquable, Karl. Tu
as une bonne mémoire. Tu t'es seulement trompé
de dinosaure. Celui-ci est exactement comme le
sténonychosaure.

Un grand sourire apparaît sur le visage de
Karl. Il referme son carnet d'un coup sec et se
dirige vers la porte.

— Bon, merci! Au revoir! Venez, vous
autres!

Karl court dans le couloir.

— Il y a vraiment un dinosaure dans l'école,
les amis. Monsieur Scott! Ouvrez votre placard,
s'il vous plaît! crie-t-il en arrivant au coin.

M. Scott le regarde :

— Mon placard? Mais il est verrouillé!

— C'est bizarre, il n'est jamais verrouillé,
d'habitude! dit Karl en s'approchant du placard.
Vous nous laissez toujours passer par là pour

aller au sous-sol. Laissez-nous voir ce qu'il y a à l'intérieur.

— Heu… fait M. Scott en se grattant la tête.

— Non! lâche Selena.

Jessica, effrayée, ne comprend plus rien. Qu'est-ce qui se passe?

Derrière eux, ils entendent la voix de M. Yu :

— Ça va, Selena. Allez-y, monsieur Scott. Ouvrez la porte.

— Si vous le dites, dit M. Scott en haussant les épaules.

Il sort une clé et déverrouille la porte.

Au même moment, des pas résonnent dans le couloir.

— HÉ! LES AMIS! REGARDEZ!

Colon Jalbert arrive en courant dans le couloir, un jeu de cartes à la main. Il fonce dans la porte ouverte. Les cartes s'envolent de sa main et il tombe par terre. Sonné, il regarde les membres du Club Abracadabra.

— Oups! dit-il.

Mais personne ne l'écoute. Ils sont tous fascinés par ce qu'il y a dans le placard.

— Qu'est-ce que vous avez? dit Colon.

Il se retourne lentement, puis aperçoit ce qu'il y a dans le placard de M. Scott.

Il se met à crier.

9

Le trac

— Mesdames et messieurs, déclare M. Kosta, le maire de Rébus, dans les haut-parleurs. Nous sommes fiers de célébrer aujourd'hui le soixante-quinzième anniversaire du Parc Crevier. Et nous avons un excellent spectacle à vous présenter!

Les membres du Club Abracadabra sont sur une scène installée dans le stationnement du Parc Crevier. Derrière eux, la grande roue projette son ombre immense. Le stationnement est rempli de spectateurs assis sur des chaises pliantes. Ils sont venus par centaines.

Il fait frais dehors. Jessica est si énervée qu'elle a du mal à rester en place. Le mystère a été résolu et le spectacle compte maintenant un nouveau tour génial.

— Psit! fait Selena. Et si ça fait peur aux gens?

— Personne n'a jamais rien vu de pareil, dit Karl.

— Est-ce qu'ils vont nous arrêter si les spectateurs se mettent à crier et à s'enfuir? demande Max.

— Et maintenant, pour donner le coup d'envoi, annonce le maire, voici le Club Abracadabra de l'école élémentaire Rébus!

La foule applaudit. Jessica aperçoit sa mère et son père qui lui font signe de la première rangée. Noé lui tire la langue.

C'est Max qui doit faire le premier numéro. Mais il reste là à trembler.

— J'ai... j'ai peur, dit-il. Et j'ai oublié la formule pour guérir le trac!

— Allez, vas-y! dit Selena en le poussant vers l'avant de la scène.

— HUM... BIENVENUE À TOUS LES MITOYENS DE RÉBUS! crie Max.

— *Citoyens*, pas *mitoyens*! chuchote Jessica.

Max fait virevolter sa cape en se dirigeant vers le centre de la scène.

— POUR COMMENCER, MOI, MAX LE MAGNIFIQUE, JE VAIS...

Mais avant qu'il puisse finir sa phrase, Colon Jalbert remonte l'allée centrale en courant.

— Je suis en retard! Excusez-moi!

Jessica n'en croit pas ses yeux.

— Pas *maintenant*, Colon!

Celui-ci saute sur la scène et se plante devant Max. Il tient un rouleau de papier hygiénique dans sa main.

— Bonjour, tout le monde! Voici un tour

épatant. D'abord, je prends un bout de papier de toilette que je déchire en morceaux...

— HEU... COMME JE LE DISAIS, continue Max, MOI, MAX LE MAGNIFIQUE, JE VAIS...

M. Beaucage fait signe à Max des coulisses.

— Psit!

Il tient un objet bleu et rond dans sa main. On dirait un ballon rempli d'eau.

— Et maintenant, les morceaux vont se rassembler! dit Colon. *Abracadabra!*

Il ouvre la main et de petits morceaux de papier blanc tombent sur la scène.

— Oups! Attendez...

Max lui prend le rouleau de papier des mains.

— CE QU'IL VEUT DIRE, C'EST... ÇA! dit Max en déchirant un long bout de papier et en mettant les morceaux dans la paume de sa main. ABRACADABRA! s'écrie-t-il en ouvrant sa main et en en tirant un long bout de papier.

C'est comme si les morceaux déchirés s'étaient magiquement recollés ensemble!

Les spectateurs applaudissent.

— Donne-moi ça! lance Colon en attrapant le bout de papier que tient Max.

Mais ce dernier ne lâche pas prise. Soudain, de l'eau se met à jaillir du papier, éclaboussant la figure de Colon.

— Hé! Qu'est-ce… Gloup! fait Colon.

Max salue, puis tend le micro à Selena. Celle-ci est debout devant l'armoire magique de M. Beaucage. L'enseignant et elle tiennent un très long drap blanc.

— On dirait que notre ami a besoin de se faire sécher, dit Selena. On va l'aider!

Max et elle essuient la figure de Colon avec le drap.

— Laisse-toi faire, chuchote Selena à l'oreille de Colon. Tu vas voir, c'est un tour génial!

Ils se mettent à envelopper Colon. Ils font plusieurs tours avec le drap, qui est assez long pour l'entourer comme une momie. Puis ils le poussent doucement dans l'armoire magique.

— Quelques secondes dans notre machine à sécher, et il sera comme neuf! déclare Selena.

Ils ferment la porte et font faire un demi-tour à l'armoire.

— ABRACADABRA! crient-ils en même temps.

Caché sous la scène, M. Beaucage se sert d'une machine spéciale pour produire une bouffée de fumée. Jessica replace l'armoire face aux spectateurs, puis ouvre la porte.

Une silhouette apparaît dans la fumée. Elle a deux yeux globuleux, un long corps verdâtre et des mains aux doigts effilés.

Les spectateurs en ont le souffle coupé.

La créature lève lentement le bras droit.

— N'ayez pas peur, dit-elle. Mon nom est Stan.

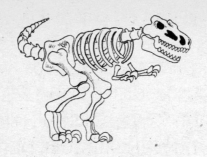

10

Stan

— Fantastique! s'exclame le maire en serrant la main de M. Beaucage. Votre Club a été le clou du spectacle. Sans oublier le... le...

— Le sténonychosaure, dit Karl. C'est une maquette articulée. Mais vous pouvez l'appeler Stan.

Le spectacle est terminé. Tout le monde s'est rassemblé près de la scène. Les familles Cruz, Normand, Frigon et Blier se photographient à tour de rôle.

Mais la plupart des gens font la file pour rencontrer Stan.

— MERCI! MERCI! crie Max. AVANCEZ, LES AMIS. APPROCHEZ-VOUS! MAX LE MAGNIFIQUE VA VOUS PRÉSENTER LE CÉLÈBRE STAN, UN MIRACLE DE L'ÉVALUATION!

— L'*évolution*! le corrige Karl.

M. Beaucage s'approche et tâte la « peau » du sténonychosaure reconstitué.

— Il a l'air si réel!

— Merci, dit M. Yu. J'ai commencé à y travailler il y a quelques mois, quand j'ai entendu parler du concours du Musée d'histoire naturelle. Je trouvais que c'était une bonne idée d'imaginer l'allure d'un dinosaure qui aurait évolué jusqu'au XXIe siècle. J'ai toujours voulu créer des maquettes pour les musées. J'ai donc décidé de participer, mais je voulais garder le secret jusqu'à ce que j'aie terminé. J'en ai seulement parlé à M. Scott parce que je voulais entreposer mon sténonychosaure dans son placard. Un jour, après l'école, pendant que je fabriquais la tête de Stan, on a frappé à ma porte. C'était Selena!

— Il a essayé de cacher la maquette, continue Selena, mais je n'arrêtais pas de lui poser des questions. Finalement, il m'a tout dit. Et il m'a laissée l'aider à la condition que je garde le secret.

— C'est pour ça que tu étais si cachottière, dit Jessica. C'était la faute de M. Yu.

— Tout allait bien, dit Selena, jusqu'à ce que ce curieux d'André commence à me voler des choses. Des pièces sur lesquelles je travaillais, comme la main de Stan...

— C'est ça qu'on a vu dans les toilettes! s'exclame Max.

— Exactement, ajoute Karl.

— Comment as-tu deviné, Karl? demande Selena.

— C'est facile, réplique Karl. Quand on est retournés dans les toilettes, la main n'était plus là. Ça voulait dire que quelqu'un l'avait prise. Au début, j'ai pensé que c'était André qui l'avait. Mais quand Colon a causé tout ce dégât à la cafétéria, j'ai vu la main, juste à côté du sac à dos ouvert de Selena. Je ne comprenais pas ce qu'elle faisait avec ça. Puis je me suis rappelé qu'elle avait accusé André de l'avoir *volée*. Je me suis demandé comment elle *savait* qu'il l'avait volée. Et volée à qui? Qui est-ce qui pouvait posséder une maquette parfaite d'une main de sténonychosaure? Et même une paire de pieds de sténonychosaure?

— Quelqu'un qui aurait fabriqué une maquette de sténonychosaure! lance Jessica.

— C'est ça! dit Karl. Il fallait donc trouver un chercheur ou un artiste. Mme Laterreur, notre guide au musée, nous a dit qu'elle avait mis des annonces dans les magazines artistiques. Eh bien, le local de M. Yu est rempli de magazines artistiques. En plus, vous rappelez-vous combien il admirait les maquettes de dinosaures au musée? Il les observait de très près. Il était logique qu'il participe au concours, et que sa meilleure élève, Selena, soit son assistante! Puis j'ai pensé à M. Scott et à son placard verrouillé. Tout est devenu clair comme deux et deux font...

— Quatre! l'interrompt Max joyeusement.

— Le placard était l'endroit idéal pour cacher une maquette de dinosaure, reprend Karl. Mais je n'en étais pas certain. Alors, pour vérifier, j'ai dessiné un sténonychosaure et je l'ai montré à M. Yu en faisant semblant de me tromper de dinosaure. Quand j'ai vu qu'il reconnaissait le sténonychosaure et savait tant de choses sur lui, j'ai su que j'avais raison. Le mystère était résolu!

— Mais toutes les fois où des élèves ont vu un dinosaure? demande Jessica. Et la peau qu'on a trouvée par terre? Et les pieds que Max et Karl ont vus?

M. Yu éclate de rire.

— Je venais souvent à l'école le soir pour travailler à ma maquette, et même le matin, avant le début des classes. Je travaillais aussi pendant l'heure du dîner. Parfois, j'étais si absorbé que j'en perdais la notion du temps. Je devais alors traîner Stan jusqu'au placard à la dernière minute sans que personne le voie. Une fois, j'étais si pressé qu'en passant près de l'étagère à trophées, je l'ai accroché et il s'est déchiré. Certains jours, je ne parvenais pas au placard à temps. Il fallait que je le cache ailleurs.

— Dans la salle de musique, dit Jessica.

— Dans les toilettes des garçons, dit Max.

— J'aurais dû être un peu plus prudent, admet M. Yu.

— Oui, dit Jessica. Pauvre Noé. Il a eu tellement peur! Je pense qu'il ne s'en remettra jamais.

— Eh bien, bonne chance! dit M. Beaucage à M. Yu. J'espère que vous allez gagner le concours.

M. Yu sourit :

— Merci. Si je gagne un trophée, j'y ferai inscrire le nom de Selena.

— Super! s'exclame Selena.

— Yééé! crie la voix de Noé derrière eux.

André Fiset le tient dans les airs. Noé a une main sur l'épaule de Stan et l'autre sur son bras.

— Regarde, Jessica! On danse!

— Ha, ha, ha! rit André.

Jessica sourit.

Tout va bien aller pour Noé, finalement.

Et pour Stan aussi.

Les dossiers Abracadabra
par Karl Normand
Tour de magie n° 18
Le tour des fruits

Matériel :
Un sac de provisions
Plusieurs fruits
Une feuille de papier
Un crayon
Un chapeau

Ma méthode :
1. J'ai demandé à tout le monde de choisir un fruit. Chaque fois que quelqu'un me disait son choix, je notais quelque chose sur un bout de papier. Puis j'ai mis les papiers dans le chapeau de Max.
2. J'ai demandé à André de piger un papier dans le chapeau. Je lui ai dit de ne pas me dire ce qui était écrit. Puis j'ai sorti une banane du sac. C'était justement ce qui était écrit sur le papier!

3. Le secret, c'est que, à l'étape 1, quand chacun me disait un nom de fruit, j'écrivais le mot « banane » sur chaque bout de papier. Ils ne voyaient pas ce que j'écrivais, et pensaient que j'avais noté ce qu'ils m'avaient dit. Donc, peu importe le papier pigé, je connaissais la bonne réponse!

Les dossiers Abracadabra

par Karl Normand
Tour de magie n° 19
La main derrière la porte
(un classique)

Matériel :

Une porte ouverte
Une main (André s'est servi d'une patte de dinosaure, mais ta propre main peut faire l'affaire)

La méthode d'André :

1. Il était debout, appuyé sur le côté de la porte, de façon à cacher son bras droit.

2. Il a levé la main derrière sa propre tête en tenant la patte de dinosaure!

Garçons

85

Les dossiers Abracadabra

par Karl Normand
Tour de magie n° 20
Le tour du papier hygiénique

Matériel :

Un rouleau de papier hygiénique

La méthode de Max (pas celle de Colon!) :

1. Avant de commencer, il a roulé
    un bout de papier hygiénique
    et l'a caché dans
    sa main gauche.

2. Il a ensuite
    déchiré des bouts de papier
    devant les spectateurs,
    puis il les a mis en boule.
    Il a discrètement échangé
    cette boule contre celle
    de papier non déchiré.

3. Il a ensuite déroulé
    le papier intact!

Les dossiers Abracadabra
par Karl Normand
Tour de magie n° 21
Le papier qui éclabousse

Matériel :

Un ballon gonflable
Une épingle
1/4 de tasse d'eau
Du papier hygiénique roulé en boule

La méthode de Max :

1. Il s'était préparé avant le spectacle, versant environ 1/4 de tasse d'eau dans un gros ballon.

2. À l'aide d'une épingle, il avait troué le ballon à huit endroits différents (comme le ballon était mou, c'était très difficile!). Le ballon n'a pas coulé parce qu'il y avait très peu d'air à l'intérieur. Max a ensuite demandé à M. Beaucage de le tenir pour lui.

3. Quand Colon a essayé d'enlever le papier hygiénique des mains de Max, ce dernier avait déjà pris le ballon que M. Beaucage lui tendait. Il l'avait placé dans la boule de papier... et n'a eu qu'à appuyer dessus pour éclabousser Colon!

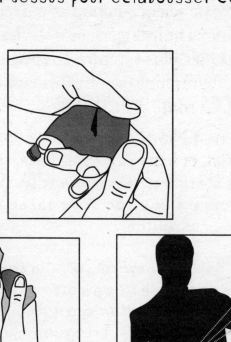

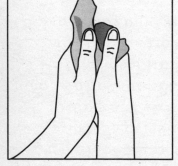

L'auteur

Peter Lerangis est l'auteur de nombreux livres pour tous les âges, dont une collection de livres de science-fiction et d'aventure, et des romans humoristiques pour les jeunes lecteurs. Ses plus récentes adaptations cinématographiques comprennent *Le sixième sens* et *La route d'El Dorado*.

Il vit à New York avec sa femme, Tina de Varon, et leurs deux fils, Nick et Joe.